어떤 그리움은 만 년을 넘기지

시작시인선 0388 어떤 그리움은 만 년을 넘기지

1판 1쇄 펴낸날 2021년 9월 10일
지은이 권진희
펴낸이 이재무
책임편집 박은정
편집디자인 민성돈, 장덕진
펴낸곳 (주)천년의시작
등록번호 제301-2012-033호
등록일자 2006년 1월 10일
주소 (03132) 서울시 종로구 삼일대로32길 36 운현신화타워 502호
전화 02-723-8668
팩스 02-723-8630
홈페이지 www.poempoem.com
이메일 poemsijak@hanmail.net

ⓒ권진희, 2021, printed in Seoul, Korea

ISBN 978-89-6021-575-7 04810
      978-89-6021-069-1 04810(세트)

값 10,000원

어떤 그리움은 만 년을 넘기지

권진희

천년의 시작

시인의 말

첫 시집을 낸 지
9년이 지났다

그사이
얼마나 멀리 왔을까

얼마나 갈 수 있을까
당신에게

건네지 못했던 마음을
내려놓는다

차 례

시인의 말

제2부

제3부

제4부

해　설

제1부

지렁이 가는 길이 꽃길이다

몸이 끊어져도
땅 밑 단단한 어둠 몸으로 밀어서
길을 만든다

헤쳐 나간 구불텅한 자국 따라
꽃들 뿌리를 내린다

지렁이처럼 지렁지렁
꽃길 만들어 가라고

생의 길은 늘
단단 캄캄하다

지렁이 가는 길이
꽃길이다

멸치

마르는 일만 남았다
바짝 마른 수건처럼 마를 때까지
캄캄한 바닷속 헤엄쳐 다니느라 젖은 몸 말릴 일만 남았다
어둠 속 더듬느라 크게 뜬 눈도
천천히 셔터를 내려야 하리
쉿, 아주 조금씩
소리 나지 않게

그래도 돌무지 아래서 돋아난 망초꽃 별꽃들이 손을 내밀면
주머니 깊숙이 찔러 넣은 지느러미 꺼내어
맘껏 흔들어 주는 건 잊지 않으리
그래그래 애썼다
피어나느라 고개 드느라

무리에서 떨어져 홀로 뒤처져도,
비늘이 떨어져
지느러미가 갈라져서
아가미가 굳어서라고는 말하지 않으리
굽은 몸에 하얗게 돋아나는 더듬이는
검푸른 시간이 내게 건넨 은빛 훈장

\>

가 보지 못한 저 너머 바다의 애길랑 남겨 두고
건져 올려질 때까지
마른 건어물로 하얗게 놓일 때까지
구석구석 닦아 낼 일만 남았다
캄캄해서 빛나던 물살의 무늬
뼈에 새기는 것만 남았다

세신洗身

목욕탕에 가서 돈 주고 때를 민다

몸 성한 사람이 만오천 원이나 주고 때를 미는 것이 민망하지만

오랜만에 내 손 닿지 않는 곳도 씻을 수 있다는 핑계를 대며

스스럼없이 때 밀어 주는 사람을 부른다

더운물에 불린 맨몸으로 선반 위에 누워 있노라니

오른손부터 시원시원하게 문질러댄다

팔꿈치를 밀어야 할 때는 머리맡에 부착된 철봉 같은 걸 붙잡으라더니

몸 앞쪽을 다 씻자 엎드리라고 해서 뒤쪽을 또 샅샅이 문지른다

피부가 벗겨지지는 않도록

때만 벗겨 내는 힘을 익히기까지 그에게도

긴 시간이 지나갔겠구나

사타구니와 엉덩이, 발꿈치까지 손길 닿고 지나간 자리마다

없어도 좋을 것들이 떨어져 내린다

몸에 덕지덕지 붙여 둔 이 누런 것들은

한 뼘 더 넓은 곳으로 한 치 더 높은 곳으로 올라가려 몸 사린

지난 시간의 빛깔을 닮았다

돌돌 말린 때를 문질러 보니 푸석푸석 부서진다 언젠가는

내가 지불하지 않는 돈으로 내 몸을 닦는 시간이 오리라
내 손으로 철봉을 붙들지도
나의 힘으로 돌아눕지도 못하는 그때
나는 무엇을 떨굴까
그때까지 몸 구석구석에
보이지도 않는 무엇을 또 붙이려 밤길 헤맬까

완성의 시간

매미가 울음 우는 사흘은
땅 밑 캄캄한 십 년을 완성하는 시간이다
제 몸 찢어 낸 푸르름 모두 버리고서야
나무는 한 해를 완성한다 신생을 위하여
몸을 틔운 그 자리까지
길고 고단한 삶의 물길을 거슬러 연어는 오른다

울음은 땅 밑까지 내려가서
빛나는 어둠을 곰삭혀 한여름 열고
무성한 잎들 모두 거두어들여
적시고도 남을 새 그늘을 마당 가득 펼쳐 놓는다

필생의 물살 거슬러 오르며
그 많은 울음 하나하나 떨궈 내
마침내 생의 첫 자리로 돌아가는

그들이 안간힘으로 펼쳐 보이는 몸은
소리와 크기가 다를 뿐
완성을 향한 투신이 어떠해야 하는가를
그들은 오래전부터 알고 있는 것이다

보름달

떠받칠 수도
쇠막대를 괴어 둘 수도 없다
먼 우주로부터 서서히 다가와
마침내 하늘을 온통 새까맣게 뒤덮어 버리고야 마는
밤은 필사적이다

필사적으로 하루치의 빛을 모두 지워 내고 나서야 비로소
무심코 맞이하던 빛이
얼마나 소중한 것이었던가를 증명이라도 하듯
밤하늘 한가운데 달아 둔
동그랗고 노오란 등을 켠다

거봐
고맙고 소중한 건
온종일 한순간도 네 곁을 떠난 적 없던
빛과 같은 거야
한마디 툭 던지며

청사포를 걷는 법

송정에서 해운대 바닷가를 따라 난 길 걸어가다
청사포 즈음에선가
저만치 앞서 나란히 걸어가고 있는 노년의 두 사내
걸음걸이가 특이했다
뒤따라가며 가만히 보니
오른쪽에서 걷는 이는 오른 다리를
왼쪽에서 걷는 이는 왼 다리를 절룩이며 걷고 있었다

뒤뚱거리는 느린 걸음이라
뒤에서 걸어오던 이들 휙휙 곁을 스치며 앞서가는데
뭣이 그리 할 말들이 많은지
뭣이 그리도 좋은지
십 리 길 내내 두 어르신
나란한 웃음소리 말소리 끊이지 않는다

함께 걸어가는 것은 이런 것이지
앞서가지 않고 뒤처지지도 않으며
행여 부딪혀 아프게 할까
절룩여도 반대편으로 절룩이는 것
절룩절룩 느린 걸음끼리 환하게 등 두드려 주는 것

\>
달맞이길 끝에 나란히 서서 사백 년 가까이
서로를 향해 손 내밀고 있는 두 망부송望夫松들께서
오늘은 청사포 바닷길로 잠시 바람 쐬러 내려오셨나 보다

분주한 평상

장대비 다녀간 한여름 저녁
평상에 둘러앉아 고기를 구워 먹는다
쌍폭포에서 만난 청옥산과 두타산
한데 몸 섞어 쏟아져 내리는 무릉계곡

장인 장모 접시가 비기 바쁘게
구운 고기 올려놓는 남편 옆에서
아내는 슬쩍 남편 접시에
남편은 못 본 척 장모 접시에
장모는 대놓고 장인 접시에

노릇한 돼지들 꿀꿀 돌아다니느라 분주한데
주문한 고기 다 떨어지도록
구운 고기를 자기 접시에 올려놓은 이 없다

이 저녁 지켜보던 얼레지
자주꽃 툭 분질러 곁의 이마에 올려 주고
두타頭陀*의 청솔 우수수 몸 털어
빈 솔 그릇에 따뜻한 한술 솔방울을 건넨다

>
멀지는 않을 것이다 무릉도
사나흘 울다 하늘 문 건너가는 밤 매미들도
이 저녁엔 그리 헛헛하지 않을 것이다
분주한 평상
이 낮은 불빛 아래서는

* 두타頭陀: 강원도 평창의 두타산. 불가에서는 불도를 닦는 일 또는
  그런 승려란 뜻으로 쓰인다.

구절초 연가

혼자 피어나지 않고
같이 피어난다

혼자 서 있지 않고
같이 서 있다

같이 밤새우다
같이 새벽을 맞는다

산비탈이든 바위너설이든
그늘진 자리든 메마른 자리든
가리지 않고 피어나

같이 흔들리고
같이 울고
같이 춤춘다

다리부터 허리 어깨 목덜미까지 돋아난
심장 같은 잎으로
온몸으로 설레고

온몸으로 울다
온몸으로 꽃을 피운다

구절양장九折羊腸의 그대여
구곡간장九曲肝腸의 그대여

서러울 땐
구절초 보고 울어라
그대보다 더 목 놓아 무더기로 울어 줄
구절초와 같이 서서 울다
하얀 꽃 피어날 때까지

지워진 시간

너어어어어무
화가 나요
어떻게 어떻게 이런 일이

다들 이러고들 지냅니다
나도 식구들도 친구들도
사실은 전 세계가 다 이러고 살아요

호모 사피엔스 사피엔스 전체에게서
꼬박 1년의 시간이 깨끗이 지워져 버렸어요
어쩌면 내년에도 그 이후에도
다시는 그 이전으로 돌아가지 못할지도 몰라요

먼 훗날 당신은 화들짝 놀란 눈으로 바라볼지도 몰라요
깊은 지층 어딘가에 새겨져 있다
땅 위로 불거져 나온

스스로를 슬기롭고 슬기로운 존재라 명명하며
살아 있는 거라면 뭐든 마구잡이로 먹어 치우던
죽음까지도 값을 매겨 팔아 치우던

>

21세기 잡식성 인류가 치러 낸

야생의 코비드 19

이 검붉은 시간들을

흔들리는 것

딸들이 놀다 떠난
놀이터 그넷줄이
흔–들–린–다

이 흔들거림에
하늘이 바다가 우주가
출렁거린다
바람이 불고 파도가 치고
은하수가 울렁거린다

늙은 내 어미도 그랬을 것이다
포대기에 쌓인 어린 나를 흔들며
얼마나 출렁거렸을까
시간과 장소가
모든 기억들이 무너져 버려
묻고 또 묻는 깊은 바닷속에서
당신을 흔드는 것은 무엇일까

당신에게로만 불어오던 바람과
온몸을 덮쳐드는 파도 속에서

지금도 흔들리고 있는 것은 아닌지

당신을 흔드는 것이
지금 눈길 부옇게 흐려지도록
나를 흔들고 있는 것이

올레 리본

빗방울 같은 슬픔들이
툭툭 창을 두드릴 때도
이 리본 나부끼는 것 보면
종아리 허벅지 근육에
벌렁벌렁 발동이 걸리지

눈은
도대체 어디를 향해야 할지
바당으로 오름으로 아니 내 안으로

너를 좇아가다 보면 만나지
일찍도 떠나 버린 아버지와
새하얗게 늙어 버린 엄마와
여태도 파랗게 어린 딸들과
다투다 끌어안다 어느새 뱃살 처진 나의 사람과

모르는 사람보다 더 멀어져 버린 형제도
이젠 떠올리는 것마저 힘겨운 이름들도
이 리본이 나부끼는 곳에선
제자리를 찾아가지

>
떠나갈 것들 떠나간 자리에
그리운 것은 더 그리워져서
이 리본 따라 걷는 길에선
더 이상 아쉬울 것도 서러울 것도 없어

아
온통 설레는 깃들만 남지

그래서겠지
이 밤에도 간세*는 잠들지 않고
풍경風磬같이 제 몸 두드리며
이 리본들 몸 뒤채는 까닭은

* 간세: 제주 올레의 상징인 조랑말 조형물로 제주 올레를 걷다 보면 곳
  곳에서 파란색의 간세를 만날 수 있다.

문학을 한다

차라리
안 할걸 그랬다
문학

시재詩才도 등단지紙도 보잘것없으니
어차피 바닥이나 깔아 주다 말 거
안 하느니만 못한 짓

재능이 없었는지
노력이 부족했는지는 모르지만
두 번째 시집을 내도
내 시를 읽어 줄 사람
몇 되지 않으리란 걸 안다

그래도,
다행이다
문학이란 이 두 음절에
아직도 온몸이 설레는 이 시간이

그리고 나는 알고 있다

그이들처럼 가슴 떨리는 시는 잘 쓰지 못했지만
그래도 그이들처럼 열심히는 살아왔기에
나는 문학한다고
문학하며 살다 가고 싶어 한다는 걸

문학,

내게서는 딱 여기까지다
나머지는 전부
덜 배운 잠꼬대일 뿐

위 아 몽골리안!

올레길 걸을 때였지요 해 저물 무렵부터 쏟아지던 눈발 걷잡을 수 없이 퍼붓는데 숙소가 없었어요 어찌어찌 간판도 걸려 있지 않은 게스트 하우스에서 짐을 풀었는데요

외풍 들이치는 거기엔 우리랑 닮은 것 같기도 하고 조금은 다른 것 같기도 한 이들 오래전부터 머물고 있었더군요 서투른 몸짓 콩글리시로 편의점에서 사 온 소주잔 나누다 보니 몇 달 전부터 바닷가 풍력발전소에서 일하고 있다는 몽골에서 온 이들이라고

말은 잘 안 통했지만 박한 급여 얘기에는 쯧쯧쯧 같이 혀를 차고 멀리 두고 온 가족 얘기에는 머리에 소복이 내려 쌓인 무거운 눈 같이 털어 주기도 했지요 트레킹을 위해 며칠씩 여가를 내는 우리의 처지를 부러워하는 그이들에게 우리는 대륙을 호령하던 칭기즈칸과 끝이 보이지 않는 몽골의 푸른 벌판을 잔에 부어 건넸던가요 늦은 술자리가 파할 때쯤엔 눈은 또 야윈 어깨 얼마나 두드리며 흔들었는지요

옅은 잠자리 끝에 들었어요 만주에서 북간도에서 낯선 나라의 탄광, 수수밭에서 부르고 또 불렀을, 저마다 이름만

다를 뿐 결국 한결같은 그리움의 끝자락에서 소주잔이 부서
져라 부딪치며 소리 죽여 건네던 그 말

　위 아 몽골리안!
　we are mongolian!

차단

지금부터 내가 하는 말은 모두 기밀이다

더 거칠게 파도가 들이치고
갈매기들이 흐린 하늘을 더 낮게 날 거다

그사이 당신들 몰래 더 깊이 가라앉고
더 고요히 내려앉아
바닥의 아름다움을 보고 말겠다

죽음아

너와 동거한 지가 너무 오래되었다
내가 다시 너를 부를 때까지
내가 네 문을 두드려 줄 때까지

안됐지만
나는 네게 문자를 보내지도
네 전화를 받지도 않겠다

나를 덮고 있던 마른 잎들아

잘 가라

길고도 모질었던
시간들아

잘 가라

매물도 어떤 때

나이 든 친구의
헤아림 같은

새벽 절집의 뽀오얀
밥 짓는 냄새 같은

대웅전에서 우렁우렁 울리는
새벽 예불 같은

그 소리에 깨어난 산새들의
밤이슬 터는 날갯짓 같은

밤새 기울인 술자리 끝에서 철썩거리는
새벽 바다의 출렁임 같은

시간이 나를 떠날 때까지
떠나보내지 못할 것 같은

멈춰 버린 시계 같은

매물도 어떤 때

제2부

아랫목 밥그릇

이불 밑 아랫목은 밥그릇 차지였다
시린 외풍에 잠이 깨어
머리까지 이불을 뒤집어쓰던 밤
행여 걷어찰까 뒤채는 잠자리를
어머니는 밥그릇과 함께 다독여 주었다
눈 쌓인 골목길에서 강아지처럼 뛰놀다
방 안으로 뛰어들어 언 손 녹일 때도
하얀 쌀밥 꾹꾹 눌러 담은 밥그릇에는
연탄불 노오란 온기가 고여 있었다
두 손 가득 감싸 쥐고 한겨울을 다 녹이도록
집 나간 아버지는 한 번도
그 밥그릇 마주하지 않았지만
뚜껑을 열면 뽀얀 물방울 똑똑 떨어지던
그 밥그릇 비워 내며 우리들은
기다림의 빛깔을 배웠다

어머니의 뒤란

장마 끝나고 치자꽃 다 진 날
어머니는 뒤란 청소를 하시네
선산의 묵은 나무를 자르던 이 빠진 톱과
더 갈아 낼 데 없이 닳아 버린 낫자루를
묶어 내놓으시네 시집올 때 가지고 온
장독도 대바구니도 함께 길 떠날 채비를 하네
청상의 세월 건너가 버린
삼십 년도 더 된 남편의 사진기 삼각대를
걸레 빨아서 닦네 한 번 더 빨아서
닦네 염하듯 닦인 먹빛 한 시절
검정 봉투에 담아 내놓네
뒤란이 넓어졌다고
버릴 것 다 버렸다고
당신은 헛헛한 웃음 지어 보이지만
어머니의 뒤란엔
먼 길 떠나갈 채비 마친
하얀 치자꽃 한 송이 피어 있네

그리운 살냄새

진간장 냄새
들기름에 전 굽는 냄새
늙은 집으로 모여든
늦가을 자식들 냄새
그들에게서 나는 진초록 살냄새를 부둥켜안는
기다리고 또 기다리는
곰삭아진 할매 냄새
먼저 간 사람 불러다 앉힐 자리
머지 않아 그 곁에 자신도 앉아서 받을
모서리 닳은 묵은 제사상
위에 가득 쌓여 가는
등 굽은 한세상의 냄새

하얀 당신

자정이 지났는데 전화가 울린다
딱 한 번 울리고 끊어지는
휴대폰을 보니 엄마다
내가 전화를 건다
통화 중이기를 몇 번
내가 전화를 거는 사이에 엄마는 나에게
나는 엄마에게

—잠이 안 와야……
　요샌 네 외갓집 식구들이 자주 보이네
　니 외할매도 뵈고 외삼촌도 뵈고
　자다 곁에 누가 있는 것 같아서 눈 떠 보면
　엄마가 있는 것도 같고 있다 간 것도 같고
　이부자리를 쓸어 보면 따뜻한 것도 같고

　성당 사람들이 그러데
　그러면 떠날 때 다 된 거라고
　그러면 안 되니 그때마다 묵주를 돌리라고
　근데 묵주 돌리고 있자면 서운코 뭐가 자꾸 미안시럽고

\>

새벽녘에야 잠든 밤
새하얀 눈밭에 쪼그리고 앉은
새털같이 가벼워진 당신을
강아지 들어 올리듯 안아 올리는 꿈을 꾸었네
가벼워진, 가벼워져 버린 당신을 안으며
젖은 나는 밤새 얼마나 무거웠던가

눈 시린 겨울 아침
하얗게 내려 쌓이는 눈을 보네
봄이 와도 녹지 않는
어디선가 어느 땐가는 늘 내리고 있을
하얀 당신을 보네

늙은 당신

아버지가 있었으면 좋겠다
바쁘다는 핑계로 오랜만에
참 오랜만에
늦은 전화를 걸어도

—니는 괘안채? 우리는 마 다 괘안타. 늙으이 다 글치
뭐. 전화는 무씬 일이고?

한마디 툭 던져
내 한시름 덜어 주면서
한세월 펼쳐 보여 줄 사람

어린 딸 데리고 찾아가는 드문 날
길가에 나와서 서 있는 사람
기다리는 사람

쭈글쭈글해진 손으로
어린것들 보듬어 안으며
곁눈으로는 슬몃슬몃
내게서 눈 떼지 못할 사람

\>
손주들 뭐라 뭐라 소리치며 손 흔드는
차창 너머로 손 집어넣이
놓지 못하는 사람

차가 보이지 않을 때까지
손 흔들어 주는 사람
지금도 어디신가 손 흔들어 주고 있을

내 나이보다 어려진 늙은 당신
있었다면
있었더라면

에미의 젖가슴

어미 뱃속에서 나와 응애응애 자지러질 때
내가 만난 세상의 처음이자 전부였을
저것

된소리 거센소리에 길들기 전에
내가 기억해야 할 생의 온도가 어떠해야 하는지를 알려
준 저것

저것 조물거리고 있으면
도깨비도 밤 귀신도 무섭지 않았던

코밑수염 꺼멓게 자라 밤길 걸어온 사이
쭈글쭈글해져 버린 저것

마지막 날숨으로 당신을 소리쳐 부를 때
내 캄캄한 어둠까지도 부둥켜안아 줄

에미의 저것

먼 집

건물에 가려 응달진
그림자 집

안방에만 희미한 불 켜졌다가 금방 꺼지는
빈집 같은 집

오는 이 없어 늘
닫힌 집

일 년에 한두 번 온 동네가 환하도록
불 켜는 집

기다림의 집

기다림마저 늙은
어매의 집

그녀가 들려주는 자장가 같은

난 아직은

—엄마 자? 뭐 해? 오늘 정말 추웠지? 응 나도. 귀가 다
떨어져 나가는 것 같더라. 그래, 밥은 먹었어? 뭐 먹었어?
많이 먹었어?

이러고 싶다
그리고
그녀가 들려주는 자장가 같은

—그래 우리 아들. 옷은 든든히 입고 갔나? 이리 추운데
왔다 갔다 하니라고 애묵었제? 시간도 늦었는데 뭐 좀 묵
었나?

이런 소리를
조금은
더
듣고 싶다

쉰다섯, 푸욱

쉬어 버린 나이

더 들을 수 없을 거란 걸 알기 전에도 그랬고
더 들을 수 없다는 것을 아는 지금도 그렇다

이리 추운 날
품속 따뜻하게 데워 주던
이 말 한마디 잃어버리고 나면

불두화가 피어도
진달래가 혀를 빼물어도
슬픔만 내 몫이겠다
그리움만 내내 내 몫이겠다

고요한 잠자리

아내와 애들 이사 가고 난 뒤로
집이 팔리지 않아
기럭기럭 혼자 지내는 것이 반년이 지났다

어둑한 빈방 문 열어
애들 이름 불러도 보고
잠자기 전에 서로 건네던 말
—그래 잘 자 너도 좋은 꿈 꿔
중얼거려도 보지만
고요한 잠자리는 익숙해지지 않는다

별들 낮게 코 고는 소리
초승달 한숨 내쉬는 소리
베개 왼쪽으로 수도산 돌아눕는 소리

둘둘 말려 돌아누워 눈 감아도
손 흔들며 떠나가는 소리들뿐
돌아오는 발걸음 들려오지 않는 밤

반년의 고요가 이러할진대

반평생 적요寂寥는 어떠했을까
얼마만큼의 적막으로 젖이 갔을까

익숙해지지 않는 것에 익숙해질 때까지
귓가 왕왕 두드리는 고요 속에 잠들 때까지
그녀는

애가哀歌

개미처럼 더듬거리며 헤매다
무덤 위에 돋아난 풀처럼
슬픔만 웃자라 버렸나 봐요
배가 고파요 어머니

비 내리지 않아도
쏟아지는 빗방울들이 보여요
저문 세상 비 모두 끌어모아
젖어 있는 의자들이 보여요

앉을 데가 없어요 눈을 감으면
누이의 몸에서 못 빠지는 소리
형의 등허리 뚝뚝 부러지는 소리
바닥으로 무너지는 어머니
소리의 동굴에 갇혀 아우성치는
당신들이 보여요

닫아도 잠가도 지퍼가 터져 버린 가방처럼
자꾸 비집고 나오네요
밖으로 팔다리 걸친 채

고개 내밀어 소리 지르는
당신들은 어디든 따라오지 않는 데가 없어요

길모퉁이에서 빗속에서 언 바람 속에서
불쑥불쑥 나타나 고개 내미는 젖은 당신들
구절초라도 뜯어 먹어야 할까요
아버지 무덤가에 돋은 여윈 구절초

얼마나 주렸으면
저렇게 새하얀 마른 꽃잎으로 피어났을까요
배가 고파요 어머니

어떤 그리움은 만 년을 넘기지

　나 죽거든 제주도 사계 바다에 뿌려 줬으면 해. 유분遺粉이라고 티 내지 말고 지퍼락 같은 데다 조금만 담아 가서 슬쩍 공항 검색대를 통과해 보렴. 아 3일장葬이니 뭐니는 신경 쓰지 말고 나중에라도 시간 날 때 시간 되는 형제끼리만 걷기 좋은 조거팬츠에 챙 넓은 모자를 쓰고 그래 선글라스도 꼭 챙겨야지.

　사계 해안도로를 걷다 보면 멀리 형제섬이 보이고 사람 발자국 화석이 있는 곳이 있을 거야. 거기 근처 아무 데서나 마지막으로 나를 보내 줘.

　1만 년도 더 되었다는 발자국 작은 이들을 만나면 물어볼 거야. 어떤 그리움이었길래 만 년을 훌쩍 넘겨 지금도 가고 있냐고. 만 년이 가도 변치 않을 눈길로 너희들을 바라보면서 나는 형제섬 쪽으로 흘러갈래. 이렇게 나란히 서 있기로 한 것 아니었냐고, 끝까지 같이 서 있지도 못할 거면서 한 배腹에는 왜 태어났느냐고 일찍도 등 돌려 버린 이의 등짝 철썩철썩 후려치면서

　길 끝에는 종鐘을 엎어 놓은 것처럼 생긴 산방산 서 있지.

툭 치면 그 속 오래오래 울릴 것 같은. 살다 힘들 때면 저물 무렵 산방산 별빛 아래 앉아 가만히 귀 기울여 보렴. 그러면 어디선가 네 이름 오래오래 부르고 있는 긴 맥놀이소리 들릴 거야.

　　오래전 키 작은 이들이 그랬던 것처럼
　　형제섬이 지금도 그런 것처럼

그리운 이는

친구의 장례식장에 다녀온 겨울밤
막 잠자리에 들었을 때부터란다
낡은 장롱 뒤 해묵은 문갑 밑에서
난데없이 자꾸 누군가
당신의 이름을 불러대는데
검고 낮은 그 소리
귀를 찢어대는 쇳소리로 변하더니
—다음은 니 차례,
　내가 너를 잡아갈 거야!
소리치며 엄마의 이름을 불러대는 그 소리에는
여태 한 번도 들어 보지 못한 귀기鬼氣가 서려 있더란다

불을 켜고 살펴봐도 보이지 않는
티브이 소리를 한껏 키워도 뼛속까지 파고 들어오는
그 소리에 무섭고 서러워진 늙은 엄마는
빈방에서 혼자 이불 뒤집어쓴 채 꺼억꺽 꺼억꺽 울며
어엄마 어엄마 오빠야 오오빠아야
돌아가신 분들의 이름을 호명했다는데

언제부터였을까

이부자리 따뜻해지더니

집 떠나갈 듯 불러대던 그 귀성鬼聲 들리지 않더란다

젖어 부은 눈으로 이불을 들춰 보니

오른편에는 외할매가

왼편에는 큰외삼촌이 있어 주었단 걸

보지 않아도 알겠더란다

그리운 이는

언제까지고 기다려 주나 보다

죽음보다 두려운 밤 다독여

깊은 강 함께 건너갈 때까지

곁에 늘 있어 주는가 보다

그녀의 레시피

이제 나는 더 이상 그녀가 빚어낸 음식을 먹을 수 없다 제삿날의 간장 닭조림과 무나물을 먹지 못한 지는 이미 오래되었지만 그 흔하던 두부조림도 돼지고기가 듬뿍 든 비지찌개와 돼지찌개마저도 이젠 옛날 얘기가 되고 말았다

우리가 한창 먹어댈 나이였던 어느 날엔가 그녀는 고기에 주린 우리들을 위해 시장에서 바가지로 퍼서 팔던 닭내장을 사서 구불구불한 내장 하나하나를 일일이 다듬어 삶고 소금에 박박 긁어대길 몇 번이나 해댄 끝에 그 환상적인 닭내장 찌개를 완성해 내고야 말았다 찌개 그릇에 머리를 박고 이마에 송글송글 맺힌 땀을 털어 낼 때쯤에는 보았을까 양은 냄비에 눌어붙어 있는 검은 바닥처럼 그녀에게서 눌어붙어 있는 긁어내지지 않는 것들을

오랜만에 아침 찬으로 구운 두툼한 갈치구이에 내 젓가락이 자수 간다고 갈치엔 손 한 번 대지 않다가 점심 도시락 반찬통 열었을 때 가지런히 발려 담긴 갈치를 보며 내 눈시울은 얼마나 뜨거웠던지

그녀의 레시피들은 지금쯤 어디까지 가 있을까 보따리

두 개 달랑 들고 누이의 집으로 떠나간 뒤로 집 떠난 지 얼마나 흘렀는지마저 까맣게 지워져 버린 당신의, 간장처럼 캄캄하고 청양고추처럼 매운 시간들은 또 어디까지 흘러가고 있는지.

아기 병

치매를 앓는다는 말은 그르다
어리석을 치痴에 어리석을 매呆라니
가당찮다

대답해 보렴
밤새워 네가 지우고 또 지워 낸 네 부끄러움이
너의 치매였더냐

단 한 발자국도 앞으로 나가지 못한
네 시간은 어리석음에서 얼마나 멀어진 것이냐

우는 너를 안아 주느라 무겁고 힘겨웠으므로
떠는 나를 일으켜 세우느라 지쳤으므로

더 이상 불온한 두 음절로 치부치 말자
치음으로 돌아갈 권리가
누구에게나 있다

이것이 병病이라면 우리는
적어도 이렇게 불러 주어야 한다

>
내 아기 적 당신이 내 가슴 토닥이며
무서운 밤 다스려 주던 그 목소리 그대로

아기 병

뼈에 새겨진 모진 세월을
이젠 맘껏 지워 버려도 되는

늙은 아기 병

병원에서

MRI를 찍어 보고 싶다는 아내를 데리고 병원에 간다. 아내의 머리가 언제부터 아팠는지 모르는 나는 파란 환자복으로 나를 향해 하얗게 웃어 주는 그 얼굴을 똑바로 쳐다보지도 못한다

　—MRI 찍으면 사람 머릿속도 손금 보듯 볼 수 있대

그렇구나 머리칼 듬성듬성해지도록 어깨 결리고 팔목 시리도록 잇몸 내려앉도록 아이 셋 키워 내는 것은 당신의 몫 자동차 할부금 횟수와 붓다 만 적금도 당신의 몫 길이 보이지 않는 내 구부정한 시간이 당신에게 쏟아부은 모진 말들도 늘 당신의 몫

당신의 머릿속에 가라앉아 있을 검푸른 시간 어디쯤에서 나는 무엇으로 서 있었을까 검사실에 누운 당신의 머리 위로 둥근 MRI 왔다 갔다 하는데 동굴처럼 길고 어두운 터널 속으로 당신을 밀어넣은 것은 항상 나의 몫

제3부

길상사吉祥寺

길상사
성북동 질집

서희를 사랑했던
평사리의 길상과 이름 겹치는

그들과 달리
맺어지지 못해서

부안 내소사 절집
길가에 핀 상사화처럼

3년의 사랑을 위해
꼬박 60년 동안 쓴

길상이 같은 백석과
서희 같은 자야의 유고시遺稿詩

길상사

---

* 서희와 길상은 박경리 선생의 대하소설 『토지』의 주인공들이다.

보공補空[*]

마지막 여행 때
나무로 짠 사각 캐리어에 챙겨 갈
옷가지 등속

속옷 양말 치약 칫솔 로션 충전기 신분증은
여기 그대로 두고

가다 흔들리지 않게
흔들려도 아프지 않게
아파도 덜 아프게
내가 싸지 않아도 되는

이후엔 이미 공空인데
보補, 깁고 고이고 보수하고 더해서는 뭘 어쩌자는 건지

옷가지는 그만 됐으니
시집이나 몇 권 꾹꾹 끼워 넣어 갔으면

모락모락 김 나는 뽀얀 쌀밥처럼
빼곡히 들어차 있는

당신에게 전하지 못한 말

내 손으로 쓴
시집 몇 권
따뜻이 품고 갔으면

* 보공補空: 장례에서 시신이 흔들리지 않게 옷가지 등으로 관의 빈 곳
  을 채우는 일.

솔방울 하나

울산 대왕암 솔숲 길 걷다
길에 떨어진 마른 솔방울 하나
손 내밀어 나를 집어 든다

사기 접시 위에 올려놓고 물 부어 주니
물 머금은 솔 조금씩 조금씩 몸 펼치다
어느덧 활짝 피어난다

해송海松인 듯 푸르다

동백꽃 환한 대왕암 길을
같이 걸어간 이 있었다
손 놓쳐 떨구어 버린

다시 집어 들 수도
마른 몸 적셔 줄 수도 없어서
가난한 시간 속에서만 나를 호명하는

피워 내지 못한
솔방울 하나
있었다

칠산포에서

한 마리 황금조기로
당신의 그물에 들었으면

당신의 손에 움켜쥐어져
난바다 떠났으면

당신 손수 써레질한 소금에 절여져
빨랫줄에 주렁주렁 매달릴 때
앙다물어도 입 벌려 크게 소리쳐도
당신은 듣지 못할 것이기에

파랗게 눈 뜬 채
당신에게로 헤엄쳐 오던 서해 바라보며 말라 가다
당신의 밥상 위에서
전하지 못한 말들로 풀어헤쳐졌으면

별고을

다슬기 보러
성주에 왔어요
당신도 와 보셨나요

온종일 기다리던 당신 발자국 소리에
화들짝 놀라 바닥으로 미끄러지고 마는
그 소리 들리던가요

해 질 녘까지 저물지 못해
바윗돌 위에서 밤새 별바라기로 서 있는
뾰족한 마음 보셨어요

오죽했으면 별고을이라 불렀을까요
떠내려 보내지 못해 물 밑에서
별처럼 깜박이고 있는
그 마음 만나러 성주星州에 왔어요

단어들이 떠나갔다
—To 오베

단어들이 떠나갔다

당신이 돌아서던 그 밤

이후 이를테면

오랫동안 한자리에 웅크리고 앉았던 그리움이라든가

노을이 질 때까지

노을이 져도 어두워지지 않는

노란 기다림 같은 것들이

하얗게 손 흔들며 돌아서 버렸다

내 단어들을 데려가 버린

당신의 이름을 부를 때마다

나뭇가지에 쌓여 있던 눈들

무더기로 바닥으로 몸을 던지고

겨우내 처마 끝을 떠난 적이 없던

고드름은 창처럼 바닥을 찔러대며 부서져 갔다

몸을 던지지도 부서지지도 못한 나만 남아

단어들이 떠나간 자리마다 고여 있는

언 물에 물푸레나무처럼 시퍼런 몸을 담근다

퍼렇게 물든 웅덩이 가득

떠다니는 단어들

* 『오베라는 남자』(다산책방)에서 시상詩想을 빌렸다.

가파도에선

오가는 길 십 분이면 족한
가파도라고
길 잃은 사람 없겠어

있겠지 우리처럼
비 쏟아지는 바다 넋 놓고 바라보다
막배 놓친 사람들도 있겠지

덕분에 이른 저녁부터 오래간만에 새도 잡고(고도리!)
잃어버린 것 엎질러 놓은 것도
청단 홍단 초단으로 하나둘
불러 모아 봐도 괜찮을 거야

해 지면 밤바다 한 바퀴 휘 돌며
철썩철썩 일렁이는 당신을 바라봐도 좋겠지
젖은 머리칼 쓸며 낭신 쪽으로 돌아누워도
밤새 밤바다로 출렁거려도

청보리밭 흔들다 돌아서는 바람같이는
밤바다로 떠나가는 밤배같이는

떠나보내지 않아도 괜찮을 거야

오래도록
불러 봐도 괜찮을 거야 당신의 이름
더할 가加 물결 파波
가파도에선

그리운 것들은

　묵뫼를 가려 주던 산벚나무잎이 다 져서 망주석이 촛대처럼 하얀 몸을 드러내고 서 있다. 맨날 그 위를 오가던 까치가 상수리나무에 새끼를 치러 온종일 나뭇가지를 물어 나르느라 깍깍 울어서 해거름엔 산바람이 분다. 불그레 물든 바람에 실려 오는 산마루 너머의 것들을 생각한다.

　잎이 돋아나듯 돋아나서
　잎들 모두 떨어지고 난 뒤에도
　마른 가지에 처음 그 모습 그대로
　푸른빛으로 붙어 있는

　그리운 것들은 모두
　산 너머에 있다.

꽃그늘

오래 머물지 못하리란 걸 알아서
이리 환하게 피어나는 거라

두 팔 활짝 벌려 껴안아 주던
꽃에게 미안해서 나무는
오래도록 둥근 그리움 달고 있는 거라

환하게 피어나던 당신께
그늘 한 조각 건네지 못해서
늦봄 꽃그늘 아래
둥글게 여문 눈물만 꾹꾹 묻고 있는 거라

방신芳信*

홍매 피었다는 소식 듣고
정월 초하룻날
소의 긴 울음소리 품은 절집
달마산 미황사에 갑니다

바람 살을 에는데
얼마나 간절했길래
얼마나 전하고 싶었길래
이른 향기 이리 깊은지요

내 부치지 못한 말은
언제쯤 피어날지
나의 향기는 어떠해야 하는지

오래전 홍매 가지에 걸어 두고 돌아선
피워 내지 못한 그리움 만나러
긴 울음소리 낮게 흐르는
땅끝으로 나는 갑니다

* 방신: 꽃이 핌을 알리는 소식. 상대편의 편지를 높여 이르는 말.

목련꽃 연가

어이 바람 친구 나 부탁할 게 있다네 기왕 불어올 거면 이번엔 좀 센 걸로 부탁하네 태풍급도 약한 듯하이 역대급 폭풍 한번 꼭 좀 부탁함세

저어기 손 뻗으면 닿을 듯한 새파란 통영 앞바다 보이는가 자네 손 좀 빌려서라도 난 이만 가야 쓰것네

겨우내 목이 비뚤어져라 바라보아도 밤새워 피워 낸 하얀 꽃 손 뻗어 내밀어도 왔다가는 멀어지고 멀어졌다가는 또 다가오고, 한 걸음도 다가서지 못해 저리 애태우고 있으니

내가 가는 수밖에 저이한테 파랗게 출렁이며 애만 태우는 저이한테 그만 풍덩 뛰어들어 버릴까 하네

단풍 편지

올 때
가을바람 불거든
머리칼 슬쩍 쓸어 올리며 둘러봐

눈길 닿는 어딘가
노랗게 물든 상수리잎 하나
눈에 담길 거야

아래 어딘가에는
꽉 여문 도토리알도
떨어져 있겠지

이 가을 깊어질 때까지
당신 쪽으로 고개 돌리느라
붉게 물든,

삭이고 삭이다 서리 하얗게 뒤집어쓴
단단한 마음 하나
거기 어딘가에 있을 거야

\>

봄이면 푸른 잎 돋아

당신 쪽으로 또다시 고개 돌릴

상수리나무에 노오란 바람 불거든

평사리 부부송夫婦松

하동 평사리 악양들판에는
소나무 두 그루 나란히 서 있지요
부부송이란 이름 얻은

오랜 세월을 같이 살아서 그런지
오랜 세월을 함께 살아가려고 그런지
서로에게 기울지 않은 척 기울어져 있는

두 나무,
조금은 떨어져서 서 있어요

눈길 닿지 않는 산속 풀숲 다 내팽개쳐 두고
가려 주는 곳 하나 없는 악양벌 한가운데
두 나무 이리 훤히 서 있는 까닭은

섬진강 물 꽝꽝 얼어 터지는 이 밤새
서로에게 뻗어 내민 손 거두지 않고
함께 서 있을 것 아니라면

흔하다 못해 귀하디귀한

사랑이라는 말,

함부로 입에 담지 말라는

동안거冬安居 새벽잠 세차게 내려치는

죽비 든 선승들을 닮았기 때문

그리움의 자리
─슬·서·지에게

내 몸 어디에 있을까
돈벌이 걱정 세상 걱정으로 빼곡한
머릿속은 아닐 것 같아

슬, 너를 바라보는
내 눈부처 어디거나

서, 너를 바라보며 쿵덕쿵덕 뛰는
내 심장 어디거나

지, 너를 떠올리기만 해도 헤벌어지는
내 입가 어디거나

그렇지 않겠어?
너희들이 있는
그리움의 자리는

양말을 개며

양말을 갠다
양말을 개는 것은
지나온 길과 시간을 개는 것

이 양말들을 신고 시작한 천 년 같은 하루들과
이 양말들을 신고 마주한 절벽 같은 이들을 생각한다

내 것이었던 적 있었던가
길고 가파른 시간의 능선 오르면서
멀리서 슬쩍슬쩍 바라만 보고 지나쳐야 했던
한 번도 제대로 부둥켜안아 주지 못한 저 푸르른 것들

아침마다 새 양말 꺼내 신으면서도
사과 한 번 한 적 없었구나
네가 걷고 싶은 길만 피해서 걸어온 나는
아직도 이 걸음 멈출 줄 모르는 나는

제4부

그녀의 연보

새들은
바람이 가장 세게 부는 날
집을 짓는다고 한다
그래서 새의 집은 튼튼하다고

삼팔 년생 그녀가 새들과 다른 점은
늘 세찬 바람만 불어와
그녀에게는 고를 수 있는 날이 없었다는 것

1945년(8세)
고산국민학교 입학
1학기에는 시퍼런 칼 차고 군복 입은 왜놈에게 일본어를,
2학기에는 조선 사람에게 국어를 배움
지금도 기억나는 단어: ばか野郎!

1948년(11세)
4학년 때 새로 배운 단어:
분단分斷 [명사] **동강이 나게 끊어 가름**

>

1950년(13세)

6학년 때 새로 배운 단어:

전쟁戰爭 [명사] **국가와 국가, 또는 교전交戰 단체 사이에 무력을 사용하여 싸움**

1953년(16세)

아침마다 학교에 가는 대신 피난 온 피란민들에게 밥을 퍼 줌

새로 배운 단어:

휴전休戰 [명사] **교전국이 서로 합의하여, 전쟁을 얼마 동안 멈추는 일**

1960년(23세)

새로 배운 단어가 많음

혁명 독재자 하야

1961년(24세)

첫 딸 영희를 낳고 처음으로 프랑스어를 접함

coup d'État [명사] **무력으로 정권을 빼앗는 일**

>

1963년~1967년(26~30세)

두 살 터울로 둘째 딸 경희(영제)와 장남 득웅, 차남 진희를 얻음

1974년(37세)

마당에서 빨래하다가 라디오로 총소리를 들음

새로 배운 단어:

서거逝去 [명사] '사거'의 높임말. 죽어서 세상을 떠남

1979년(42세)

아내의 뒤를 이어서 독재자도 총을 맞아서 죽었다는 소식을 흑백 TV로 봄

1980년(43세)

새로 배운 단어가 아주 많음

폭동 데모 민주주의

1981년(44세)

남편이 세상을 떠난 일주일 뒤 시어머니가 별세함

>

〈중간 연보〉

　쉰 살에 처음으로 대통령 선거 투표를 해 봄. 찍었던 후보가 낙선함. 쉰다섯 살 두 번째로 대통령 선거 투표를 함. 찍었던 후보가 또 낙선함. 환갑잔치가 열리던 해 자신이 투표한 후보가 처음으로 대통령이 됨. 그사이 다수의 손주들이 태어남.

　차도 운전면허도 없어 버스와 지하철만 타고
　컴퓨터도 할 줄 몰라 인터넷 한 번 해 보지 못하고
　그 흔한 스마트폰도 만질 줄 몰라
　이따금 걸려 오는 자식 놈 전화만 기다리며
　폴더폰에서 눈 뗄 줄 모르는

　바람 속의 그녀
　변변한 집 한 채 짓지 못하고
　바람처럼 하얗게 사위어서
　바람같이 훌쩍 떠날 준비를 하는
　그녀

남한산성

시 한 편은 있을 줄 알았다 해 바뀌는 마지막 날 혹한의 남한산성 행궁은 문 굳게 걸어 잠가 내 발길 허락지 않았다 허락해야 할 발길과 허락하지 말아야 할 걸음을 산성은 여태 구분하지 못한다 눈발 흩날리는 성가퀴에는 총 구멍 활 구멍 시퍼렇게 눈 뜨고 있는데 적의 가슴팍으로 날아가 보지도 못하고 파묻힌 둥근 눈물들과 화살들은 지금은 어디서 언 몸 뒤채고 있는지

낮이건만 검은 눈구름 사이에 떠 있는 해는 달처럼 앙상하다 월인천강月印千江, 천 개의 강에 내려앉은 달빛이여 달빛이기라도 한 적 있었던가 얼어 죽고 굶어 죽은 글 모르는 이들을 밟고 그예 언 땅에 머리 조아려 구걸한 동냥빛이여 한 뼘 행궁 안에서 제 한 몸도 비추지 못하다 기어이 통째로 갖다 바친 혹한의 어둠이여 별빛이기라도 한 적 있었던가 남한산성에는 시 한 줄 남아 있지 않았다

작가 연보를 보며

11월 27일(음력 10월 28일) 서울 종로 2가 158번지에서 아버지 김태욱과 어머니 안형순 사이의 8남매 중 장남으로 태어나다. 증조부 김정흡은,

여기까지는
그야말로 아무 생각도 없이 읽다가,

종4품 무관으로 용양위龍驤衛 부사과副司果를 지냈으며,

부터 점차 눈이 가늘어진다

할아버지 김희종은 정3품 통정대부중추의관通政大夫中樞議官을 지냈다. 당시만 해도 집안은 부유했던 편으로

김수영은 중인 계급이라고,
그래서 그의 시에는
중인 계급 특유의 눈치 빠른 전향이 엿보인다고
국립대 교수를 지낸 어느 평론가가 썼는데

생선 장사를 했다는 증조부

굶어 죽지는 않을 거라고 홀몸으로 바다 건너가
밑바닥 몸으로 쓸며 일가一家를 일으킨 할아버지
식민과 전란 탓에 불학不學을 일생의 한으로 짊어진 아버지

나는, '화랑의 후예'도 뭣도 못 되는
연보를 두고 무슨 말을 할 것인가.
축첩蓄妾과 사대事大와 붕당朋黨에도 끼지 못한 조상의 후
손으로

옥수수

　젊은 날 나는 그와 하룻밤을 지샌 적이 있다 내가 아르바
이트를 하는 경비실 한 모퉁이에서 그는 소주 한 잔을 채 비
우지도 못한 채 잠에 빠져들었다 생선 썩은 냄새가 나는 그
의 양말에는 발가락 모양이 딱딱하게 굳어 있었다 비누칠을
하고 여러 번 헹궈 주었지만 마른 옥수수 알갱이처럼 웅크
린 수배자의 굳은 잠은 풀어질 줄 몰랐다

　마흔을 훌쩍 넘기고서야 결혼식을 올린 그는 그때나 지
금이나 제 이름으로 된 집 한 칸 지니고 있지 못하지만 여전
히 발바닥에 쥐가 나도록 뛰어다닌다 시민 단체의 일을 도
맡은 그에게는 뙤약볕 비탈밭의 옥수수처럼 할 일들이 쑥쑥
자라났기 때문이다

　옥수수를 팔고 있다고, 이건 순전히 개인적으로다 돈이
궁해서 하는 짓일 뿐이라고, 내게 전화를 걸기까지 그는 옥
수수알을 다 세고도 남을 만큼 전화기를 들었다 놓았을 것
이다

　그에게서 산 삶은 옥수수를 나는 선뜻 집어 들지 못한다
눈앞에서 최루탄이 터져도 얻어터진 머리로 구치소를 가도

눈 하나 깜빡하지 않던 시간이 있기나 했던가 옥수수알을
빼먹듯 무엇을 빼먹으며 여기까지 왔는가

  짧은 겨울 해 진다 남몰래 빼다 버린 내 마른 옥수수알들
은 저물어 가는 겨울 들녘 어디에서 몸을 떨고 있을까 알알
이 여문 옥수수가 아무 말없이 나를 바라보고 있다

엄나무

가시를 키워 내기로 마음먹었다
날아오르던 직박구리 날갯짓과
쏟아져 내리던 빗방울
세차게 불어대던 밤바람에
잔가지 뚝뚝 부러져 버린 그날 밤부터

뿌리에서 줄기까지 이파리 하나하나에까지
빈틈없이 날 세운 가시 덕분에 그늘에도
삐죽삐죽 가시가 자라기 시작했다
눈과 입에 돋아난 백상아리 이빨 같은 가시 덕분에
그의 눈빛과 말을 마주한 이들은
뿌리 흥건히 적시고도 남을 붉은 피를 쏟았다

나무 한 그루 나란히 서 있지 못하고
밤 고양이도 쥐새끼도 잠자리도 매미도
멀리 에둘러 돌아갈 뿐
그 그늘 아래에서는 이제
땀 식히다 가는 이 아무도 없었다

새가 내려앉지 못하는 자리에 거미만 남아

둘둘 그의 몸 휘감는 사이

머리 감겨 주던 빗방울도

마른 나뭇잎 털어 주던 바람도 더 이상 찾아오지 않아서

쓰다듬을 수도 껴안을 수도 없는 그에겐

이제 가시만 곁에 남았다

머릿속 파고드는 월계관만 남았다

광화문을 걷다

광화光化, 빛으로 밝게 비추고팠던
삼봉三峰도 조광조도 다산茶山도
환히 밝히지 못한 빛

흰옷 입어 고개 숙인 이들에게는 캄캄 어둠이었던
하얀 현판에 새겨진 저 빛
소매 너른 붉은 옷 입고 고개 빳빳이 쳐든
챙 넓은 갓들에게만 한없이 눈부시던
굵은 자획의 검은 저 빛

푸른 봄 일으킬 새 없이
누런 이파리 우수수 떨구다 허리 꺾인
높은 곳에 매달려 있느라 숨 가쁜 저 빛

낮은 자리로 내려와 더 낮은 곳 비출 때
어두운 곳에서 눈시울 뜨거울 때에야
제 이름으로 빛날

광화의

저 빛

* 3연의 1행과 2행은 경복궁의 동문인 영추문迎秋門과 서문인 건춘문建
春文의 이름을 빌려 썼다.

김수영

김수영 시인하고

술이나 한잔했으면 좋겠네

높은, 큰, 넓은,

이런 수식어는 떼 놓고

난닝구 바람으로 마주 앉아서

말없이 그저 술잔이나 비웠으면 좋겠네

술에 취하면 그는

또 틀니를 빼서 마시다 남은 막걸리가 담긴 주전자에 넣
어 둘는지

모르지, 비라도 내리면

극장 앞에서 아내를 패듯

살이 나간 우산으로 나를 후려치기라도 할는지

그러든 말든

그래, 양계장은 때려치웠다던데 이제부턴 뭐 하고 사시
려 하오?

당신이 좋아하는 VOGUE지誌에

우리나라 전지현이란 배우가 실린 건 알고 있었소?

이런 시답잖은 말이나 건네며

그의 눈을 바라보고 싶네

>
단 한 편도 닮은 시구가 없는
단 한 편도 동일한 형식이 없는
단 한 편도 긴장을 놓친 적 없는
도대체 그 영혼은 어떠한지
시의 눈빛은 어떠해야 하는지
보았으면 좋겠네

이중섭

감방같이 좁은 서귀포 방 안에서
네 식구 머리 맞대고 살아도
손바닥만 한 담뱃갑 종이에다
훅훅 더운 김 뿜으며
세상을 치받아 버리던

당신은 무슨 말을 할까
흔한 A4 용지에
시 하나 펼쳐 놓지 못하는 나를 보면

음주의 뒤끝

　한 며칠 바람 좀 쐬고 오겠다며 아내가 집을 나간 뒤 냉장고가 텅 비어 있다는 것을 뒤늦게 알았다. 압력 밥솥의 밥은 이미 생이 끝났음을 딱딱하게 굳은 몸으로 보여 주고 난 다음이었다. 물기를 싸그리 떠나보낸 멸치 대가리와 한때 이것이 김치였음을 붉게 마른 빛깔로만 증명하고 있는 것들을 싸서 음식물 쓰레기통에 버리며 비로소 아내가 미처 하지 않은 말이 무언지 알았다.

　하루도 거른 날 없었던
　음주의 뒤끝!

권오현 형

오현이 형
난 지금 수성못가 농장에 혼자 와 있습니다
형이 온다고 했으면
좀 더 천천히 술잔을 기울일 텐데
전화를 두 번이나 걸어도 받질 않길래
혼자 술잔을 비웁니다

오마는 사람이 있던 기다림의 시간과
그마저 데려가 버린 막막한 시간을 기울입니다

도무지 이 생生은 받아들여지지 않습니다
이 세상에 나를 왜 내보냈는지요
아마도 나는 그 대답을 생의 시간이 끝날 때까지
듣지 못할 것 같은데요

형도 그럴 것 같아
그런 사람끼리
술잔이나 기울이다 저물까 싶었는데

이제 나는 무슨 욕심을 갖고 살아갈까요

못난 시라도 늘 고개 끄덕이며 들어 주던
형 이제 없으니
돈이나 모으다 형 곁에 누울까요

지금 형은 어디서 누구와
기울어 버린 시간을 걸어가고 있는지요
전화도 받지 않은 채

어디까지 갔길래
어디쯤에 있길래

* 대구작가회의 지회장을 지낸 권오현 평론가는 2018년 6·13 지방선거
때 대구시의원으로 출마, 박빙의 승부가 펼쳐지던 개표 방송 도중 뇌
경색으로 쓰러져 현재까지 투병 중이다.

함덕에서

바다에만 밀물과 썰물이 있는 게 아니다
물밀듯 밀려오다
밀물져 떠나가는 것이
사람에게도 있다

다 떠나가 버려
앙상한 검은 뼈 드러내고 누운
썰물의 함덕 바당 같은 친구여
캄캄한 외로움에 젖은 몸 싣고
밤바다 멀리 떠밀려 가는 친구여

네가 그렇듯 내가 그렇다
우리는 이제
되돌아서 걸어가야 한다
떠나간 것들과
떠나보낸 것들과
떠나갈 것들을 향해
잘 가라 손을 흔들며
해초처럼 검게 일렁이는 슬픔의 밑바닥까지
돌아가야 한다

\>

푸르른 것들 돋아나
이 함덕 바당 가득 와랑와랑 밀려올 때까지
가파른 오름길
쉬지 않고 넘어가야 한다

저걸 뭣이라 불러야 하지?

고속도로 국도 지날 때
길 내느라 삭둑 잘려 나간 산의 끝자락

거참 저걸 뭣이라 불러야 하지?
산자락이라고 하기에도
아니라고 하기에도 뭣한

한때는 저 산자락 오가며 전 생애를 지냈을
고라니 멧돼지 청설모 다람쥐들과 풀벌레들은 이제 어
디서
에미야— 애비야— 소리쳐 부르며
눈망울 순한 것들을 기다려야 할지

도로는 곧고 넓게 뻗어서
죽음보다도 무참한데
어디를 향하든 내딛는 걸음마다 전 생애를 걸어야 하는

머리통 부서지고
눌려 납작하게 펴질 때까지

\>

어디까지 돌아가야 하는지
거참 어디로 떠나가야만 하는지

동병상련

필사적이다
몸길이는 1.5센티인데
날아가는 건 15미터다
날개구리*가 하늘을 난다

개구리가 나니
뱀도 하늘을 난다
공중에서 확실하게 살아남는 법은
나는 것이다

날아가는 법을 배우지 못한 나는
필사적으로 나는 연습을 한다
수백 번도 더 강의한 문학작품을
다시 읽고 쓰며

똑같은 우스갯소리에 똑같이 웃어 주는 얼굴들에
처음인 양 웃음을 지어 주며
오늘 익힌 신공을 다리 사이에 끼운 채
끙끙 앓으며 나는 밤새 날아다닌다

>

꿈속에서는

앉을까?

어디에?

활짝 펼쳐 날아갈 뒷다리도

날뱀**처럼 뛰쳐나갈 몸통도 남아 있지 않아서

기는 팔다리 앞뒤로 흔들며

불룩 나온 배에 필사적으로 힘을 주며

난다

날아오른다

끝이 없는

비행이다

---

* 날개구리: 베트남에서 발견된 날아다니는 개구리로, 학명은 'Rhac-
ophorus helenae'다. 네 다리의 물갈퀴를 이용해 나무에서 나무로 이
동하는데 최대 15미터까지 날아다닐 수 있다고 한다.

** 날뱀: 파라다이스 나무뱀, 학명은 'Chrysopelea paradisi'다. 동남아
등지에서 자라며 최대 100미터까지 날아다닌다고 한다.

동지冬至

사람 人
단 두 획

사람이란 기울어진 존재라
혼자서는 서 있을 수 없다고
서로 기대어 사는 게 사람이라는 늙은 표의문자

—몇 분이세요?
　혼잡니다 1인분도 되나요?

기댈 데라고는 술밖에 없어서
혼술에 기대어 소주에 적신 나무젓가락으로 그어 보는
두 획

한 획은 벌써 다 말라 버렸는지
불콰한 얼굴로 홀로 깊어 가는

길고 긴 밤

가을 이사

모기 입이 비뚤어진다는 처서에는 나의 비뚤어진 시간도 서쪽으로 가지런히 향한 별자리만 같아서 좋았다

이사 온 날 저녁 창밖으로 보이는 야트막한 산자락 키 작은 성긴 나무들 사이로 참나무 두 그루 곧게 서 있길래 저건 네 나무 이건 내 나무 맘속으로 명명한 것이 십 년 사이 늦가을처럼 키가 훌쩍 자라도록 거두지 못하고 말라 버린 약속만 남겨 두고 또 집을 옮긴다

새벽 달빛과 산새 소리와 풀벌레 소리와 무수히 입 다문 길고 길었던 시간은 어디에 두고 갈 것인가 쉰을 훌쩍 넘기도록 내 앙상한 시간은 얼마나 자랐는지

돌아누운 당신의 허리 같은 무학산이 가려지도록 참나무 산벚나무 아까시나무들은 웃자랐는데 노랗게 물든 낙엽 같은 시간에 손을 흔들며 또 집을 옮긴다

네게 가는 길 어디쯤에 나는 서 있네

어디에 있을까 나의 시는
길거리와 광장에서 여문 시를 꿈꾼 날 있었으나

밥벌이의 힘겨움 속에서 아우성치며
남편이, 아빠가 되기에도 숨 가빴네

나의 지면紙面은 교실과 집
거기에 하루하루 꾹꾹 눌러 가며 서툰 생활이라는 시를
나는 써 왔네

한 뼘일지라도 사람에 가까운 쪽으로 다가서려 애쓰며
한 걸음이라도 사람의 냄새가 나는 길로 향했을 뿐

거리에는 여전히 흙바람 몰려다니지만
이제 나의 시에는 그 어떤 테제these도 주의主義도 남아
있지 않네

그 자리에서 자라난 것은
끝이 보이지 않는 바다 같은 그리움과 밤하늘 같은 고독

>

얼마나 더 출렁여야 네게 갈 수 있을지
얼마나 더 별들을 세야 네가 있는 곳에 가닿을지

시여
내 디딘 모든 길에 피어 있던 꽃이여

네게 가는 길 어디쯤에
나는 서 있네

해 설

둥근 완성의 시간과 자성의 언어

홍용희(문학평론가)

　　권진희의 시 세계는 나직하고 순박하고 애잔하다. 현란
한 이미지와 욕망의 가속도를 자랑하는 현대사회 속에서 그
의 시 세계가 이처럼 수굿한 형질을 드러내는 까닭은 무엇
일까? 그것은 기본적으로 그의 시적 체질과 연관되겠지만,
그보다 직접적으로는 그의 시 세계의 중심 음이 양적 확산
보다는 음적 수렴과 느림이 주조를 이루고 있기 때문이다.
삶의 상승적 의지와 함께 죽음의 내적 수렴이 공존하는 것
이다. 실제로 그의 시적 삶에는 죽음과의 친연성이 지속적
으로 동반된다. 그에게 삶과 죽음은 이분법적인 대립 관계
가 아니라 상호 의존적인 공생 관계이다. 삶의 표정들이 죽
음의 거울에 비춰지면서 관조적인 거리를 확보하게 되고,

죽음 역시 삶을 통해 반추되면서 제 본모습을 드러내게 된다. 그리하여 시적 음조가 생의 의지와 절제, 능동과 수동, 욕망과 체념, 생성과 소멸의 기운들의 진중한 균형 속에서 전개된다. 죽음은 삶 속의 죽음의 현현이고 삶은 죽음 속의 삶의 현현인 형상이다. 그래서 삶과 죽음은 생성하는 원환의 연속성을 이룬다.

　다음 시편은 이러한 그의 시적 삶의 특성을 돌올하게 보여 준다.

　　마르는 일만 남았다
　　바짝 마른 수건처럼 마를 때까지
　　캄캄한 바닷속 헤엄쳐 다니느라 젖은 몸 말릴 일만 남았다
　　어둠 속 더듬느라 크게 뜬 눈도
　　천천히 셔터를 내려야 하리
　　쉿, 아주 조금씩
　　소리 나지 않게

　　그래도 돌무지 아래서 돋아난 망초꽃 별꽃들이 손을 내밀면
　　주머니 깊숙이 찔러 넣은 지느러미 꺼내어
　　맘껏 흔들어 주는 건 잊지 않으리
　　그래그래 애썼다
　　피어나느라 고개 드느라

무리에서 떨어져 홀로 뒤처져도,

비늘이 떨어져

지느러미가 갈라져서

아가미가 굳어서라고는 말하지 않으리

굽은 몸에 하얗게 돋아나는 더듬이는

검푸른 시간이 내게 건넨 은빛 훈장

가 보지 못한 저 너머 바다의 얘길랑 남겨 두고

건져 올려질 때까지

마른 건어물로 하얗게 놓일 때까지

구석구석 닦아 낼 일만 남았다

캄캄해서 빛나던 물살의 무늬

뼈에 새기는 것만 남았다

—「멸치」 전문

"마르는 일만 남"은 "멸치"에게서 "멸치"의 삶과 죽음의
전일적인 인생사가 드러나고 있다. "캄캄한 바닷속 헤엄쳐
다니"며 "어둠 속 더듬"던 "멸치"가 "아주 조금씩" "셔터"를
내린다. "멸치"는 이제 죽음을 살기 시작한다. 삶 속에 죽음
이 함께했던 것처럼 죽음 역시 삶이 함께한다. 멸치의 죽음
의 삶은 "하얗게 돋아나는 더듬이"로 실체화된다. 비록 멸
치의 몸은 "바짝 마른 수건처럼" 말라 가고 있지만, 바닷속
"검푸른 시간"의 삶이 "내게 건넨 은빛 훈장"이 되어 돋아나

고 있다. 죽음의 삶이란 생전의 기억을 되살려 제 몸에 새기는 과정인 것이다. "가 보지 못한 저 너머 바다의 애길랑 남겨 두고" "캄캄해서 빛나던 물살의 무늬/ 뼈에 새기는 것"에 몰두한다. 죽음이 삶의 여정을 화석처럼 기록하고 실현하고 완성시켜 나가는 도정이다.

　권진희의 시 세계에서 죽음이 삶을 완성시켜 나가는 과정이란 삶 또한 죽음을 완성시켜 나가는 과정에 해당하는 것이 된다. 삶과 죽음 모두 둥근 "완성의 시간"을 향한 공동 주체인 것이다.

> 매미가 울음 우는 사흘은
> 땅 밑 캄캄한 십 년을 완성하는 시간이다
> 제 몸 찢어 낸 푸르름 모두 버리고서야
> 나무는 한 해를 완성한다 신생을 위하여
> 몸을 틔운 그 자리까지
> 길고 고단한 살의 물길을 거슬러 연어는 오른다
>
> 울음은 땅 밑까지 내려가서
> 빛나는 어둠을 곰삭혀 한여름 열고
> 무성한 잎들 모두 거두어들여
> 적시고도 남을 새 그늘을 마당 가득 펼쳐 놓는다
>
> 필생의 물살 거슬러 오르며

그 많은 울음 하나하나 떨궈 내

마침내 생의 첫 자리로 돌아가는

그들이 안간힘으로 펼쳐 보이는 몸은

소리와 크기가 다를 뿐

완성을 향한 투신이 어떠해야 하는가를

그들은 오래전부터 알고 있는 것이다

—「완성의 시간」 전문

"매미가 울음 우는 사흘", 그 삶의 시간은 "땅 밑 캄캄한 십 년"의 구체적인 현현이다. 비가시적인 어둠의 시간이 가시적인 드러남을 통해 완성의 원환을 그려 나간다. 매미가 "땅 밑까지 내려가서/ 빛나는 어둠을 곰삭혀 한여름 열고" 있는 형국이다. 지상과 지하, 빛과 어둠이 전일적인 공생의 둥근 원환을 이룬다. 이 점은 나무의 경우에도 동일하게 확인된다. "제 몸 찢어 낸 푸르름 모두 버리고서야" "적시고도 남을 새 그늘을 마당 가득 펼쳐 놓"는 "신생"의 시간을 맞이한다. 버리는 낙엽의 시간이 새로운 푸르름을 불러오는 계기가 된다. 이것은 마치 연어가 "고단한 삶의 물길을 거슬러" "생의 첫 자리로 돌아가"면서 또다시 새로운 순환의 여정을 준비하는 회귀의 형상과 상응된다. 삶과 죽음이 하나의 둥근 "완성의 시간"을 함께 그려 나가는 공동 주체이다. 그래서 이 둘은 서로 다른 변별의 대상이 아니라 꼬리를 물고 있는 우로보로스의 뱀처럼 연속성을 이루는 하나이다.

이렇게 보면, 권진희의 시 세계는 기본적으로 원형적인 순환의 시간관에 바탕하고 있음을 알 수 있다. 과거−현재−미래로 이어지는 선형적인 시간관은 삶과 죽음이 이원화되는 종말의 서사에서 벗어날 수 없다. 그러나 원형의 시간관은 자연의 순환 생성 원리에 대한 순응이 기조를 이룬다. 그래서 "무성한 잎들 모두 거두어들"이는 가을과 겨울이 마지막이 아니라 새봄의 출발을 위한 또 다른 전제이며 준비가 된다. 그래서 그에게 삶은 죽음을 가꾸어 나가는 과정이고 죽음은 삶을 완성시켜 나가는 과정이 된다. 죽음은 삶속에 살던 죽음의 드러남이며 삶은 죽음 속에 살던 삶의 드러남이기 때문이다.

다음 시편은 이러한 시적 세계관이 일상성 속에서 전개되는 장면이다.

> 돌돌 말린 때를 문질러 보니 푸석푸석 부서진다 언젠가는
> 내가 지불하지 않는 돈으로 내 몸을 닦는 시간이 오리라
> 내 손으로 철봉을 붙들지도
> 나의 힘으로 돌아눕지도 못하는 그때
> 나는 무엇을 떨굴까
> 그때까지 몸 구석구석에
> 보이지도 않는 무엇을 또 붙이려 밤길 헤맬까
>
> —「세신洗身」 부분

시적 화자에게 죽음은 삶의 일상 속에 동거한다. 그래서 일상 속에서 죽음의 언어가 문득 스며 나온다. "목욕탕에 가서 돈 주고 때를" 밀면서 "내가 지불하지 않는 돈으로 내 몸을 닦는 시간"이 눈앞에 선하게 펼쳐진다. 죽음의 시간이 삶의 시간을 비추고 있다. "나의 힘으로 돌아눕지도 못하는 그때/ 나는 무엇을 떨굴까". 죽음은 삶의 얼굴이며 결정체인 것이다. 그래서 죽음은 삶을 깨우고 인도하는 생활 철학이 된다.

권진희의 시 세계에서 이처럼 생활 철학으로서 죽음이 내면화된 주된 배경은 무엇일까? 이것은 '어머니'의 체험적 일상과 직접 연관되는 것으로 보인다.

　　　—잠이 안 와야……

　　　　요샌 네 외갓집 식구들이 자주 보이네

　　　　니 외할매도 뵈고 외삼촌도 뵈고

　　　　자다 곁에 누가 있는 것 같아서 눈 떠 보면

　　　　엄마가 있는 것도 같고 있다 간 것도 같고

　　　　이부자리를 쓸어 보면 따뜻한 것도 같고

　　　　　　　　　　　　　　—「하얀 당신」 부분

　　　먼저 간 사람 불러다 앉힐 자리

　　　머지 않아 그 곁에 자신도 앉아서 받을

모서리 닳은 묵은 제사상

위에 가득 쌓여 가는

등 굽은 한세상의 냄새

　　　　　　　—「그리운 살냄새」 부분

어머니는 잠 안 오는 밤이면 "외할매/외삼촌"과 수런수런 만난다. 벌써 고인이 된 이들이 함께 누워 머물다 가기도 한다. "이부자리를 쓸어 보면 따뜻"한 온기가 남아 있기도 하다. 산 자와 죽은 자가 서로 격의 없이 어울리고 있다. 삶과 죽음의 경계가 따로 있지 않은 것이다. 오히려 서로를 위무하고 연민하는 공동체이다.

이러한 정황은 의례 절차에서 좀 더 분명하게 확인할 수 있다. "제사상"은 "먼저 간 사람 불러다 앉힐 자리"에 다름 아니다. 죽은 이들이 공식적으로 등장하는 자리가 제사상인 것이다. 물론 제사가 끝나면 죽은 이들은 세상의 저편으로 돌아갈 것이다. 그러나 "모서리 닳은 묵은 제사상"은 죽은 이들이나 산 자들의 흔적을 고스란히 기억한다. 다시 말해, "모서리 닳은 묵은 제사상"을 통해 삶과 죽음이 "등 굽은 한세상의 냄새"로 어우러져 있는 것이다.

이것은 마치 과거는 사라진 시간이 아니라 '지금, 여기'에 살아서 작동하는 경험된 현재라는 인식이다. 현재는 이처럼 과거에 의해 규정되고 생성된다. 과거는 현재 속에서 현재를 통해 해방되고자 하는 내적 삶의 계기로 잠복되어 있는 것이다.

> 양말을 갠다
> 양말을 개는 것은
> 지나온 길과 시간을 개는 것
>
> 이 양말들을 신고 시작한 천 년 같은 하루들과
> 이 양말들을 신고 마주한 절벽 같은 이들을 생각한다
>
> 내 것이었던 적 있었던가
> 길고 가파른 시간의 능선 오르면서
> 멀리서 슬쩍슬쩍 바라만 보고 지나쳐야 했던
> 한 번도 제대로 부둥켜안아 주지 못한 저 푸르른 것들
>
> ──「양말을 개며」 부분

"양말"이란 "지나온 길과 시간"의 집적물이다. 따라서 "이 양말들을 신고 시작한" 날들은 "천 년 같은 하루", 즉 오래된 영원의 현재이다. "양말"은 "길고 가파른 시간의 능선 오르면서" "한 번도 제대로 부둥켜안아 주지 못한 저 푸르른 것들"에 대한 원망을 내재하고 있다. 따라서 "양말들을 신고" 시작하는 현재에는 과거의 이루지 못한 원망에 대한 실현이 과제로 존재하게 된다. 과거가 현재의 은밀한 지침으로 작용하는 것이다. 이렇게 보면 현재는 과거의 현현이

며 과거는 현재 속의 해방을 기다리는 내면의 목소리이다.
이를 형상화하면 "밀물과 썰물"의 풍경을 그려 보인다.

바다에만 밀물과 썰물이 있는 게 아니다

물밀듯 밀려오다

밀물져 떠나가는 것이

사람에게도 있다

…(중략)…

네가 그렇듯 내가 그렇다

우리는 이제

되돌아서 걸어가야 한다

떠나간 것들과

떠나보낸 것들과

떠나갈 것들을 향해

잘 가라 손을 흔들며

해초처럼 검게 일렁이는 슬픔의 밑바닥까지

돌아가야 한다

푸르른 것들 돋아나

이 함덕 바당 가득 와랑와랑 밀려올 때까지

가파른 오름길

쉬지 않고 넘어가야 한다

　　　　　　　　　　　　—「함덕에서」 부분

"밀물과 썰물"은 "바다에만" 있지 않다. "사람에게도 있
다". 산다는 것은 바다처럼 "밀물과 썰물"의 과정을 순환하
고 반복하는 것이다. 바다나 인생이나 이러한 영원회귀의
생리는 근원 동일성을 지닌다. "네가 그렇듯 내가 그렇다"
"떠나간 것들과/ 떠나보낸 것들과/ 떠나갈 것들을 향해" 손
을 흔든다. 물론 이것은 작별의 인사이다. 그러나 작별은
새로운 만남의 기약이 되기도 한다. "해초처럼 검게 일렁이
는 슬픔의 밑바닥"은 마침내 "푸르른 것들 돋아나"는 토양
이 될 것이다. 그래서 "함덕 바당"은 푸르른 것들로 "와랑와
랑"할 것이다. 따라서 화자는 오늘도 "가파른 오름길/ 쉬지
않고 넘어가야" 할 생의 의지를 얻게 된다.

　여기에 이르면, 시적 화자의 둥근 순환론적 시간관과 생
성의 세계관을 좀 더 선명하게 확인할 수 있다. 그렇다면 이
처럼 자연이나 바다처럼 인간 삶도 영원회귀의 동일한 생리
를 지닌다는 인식의 궁극적인 의미는 무엇일까? 이러한 질
문 앞에 다음과 같은 시편이 쓰여진다. "만 년을 넘기"는 오
랜 그리움과 사랑의 언어이다.

　①　나 죽거든 제주도 사계 바다에 뿌려 줬으면 해. 유분遺

粉이라고 티 내지 말고 지푸라기 같은 데다 조금만 담아 가
서 슬쩍 공항 검색대를 통과해 보렴. 아 3일장葬이니 뭐니
는 신경 쓰지 말고 나중에라도 시간 날 때 시간 되는 형제
끼리만 걷기 좋은 조거팬츠에 챙 넓은 모자를 쓰고 그래
선글라스도 꼭 챙겨야지.

　…(중략)…

　어떤 그리움이었길래 만 년을 훌쩍 넘겨 지금도 가고
있냐고. 만 년이 가도 변치 않을 눈길로 너희들을 바라보
면서 나는 형제섬 쪽으로 흘러갈래. 이렇게 나란히 서 있
기로 한 것 아니었냐고, 끝까지 같이 서 있지도 못할 거면
서 한 배(腹)에는 왜 태어났느냐고 일찍도 등 돌려 버린 이
의 등짝 철썩철썩 후려치면서
　　　　　　　　—「어떤 그리움은 만 년을 넘기지」 부분

② 　한 마리 황금조기로
　　당신의 그물에 들었으면

　　당신의 손에 움켜쥐어져
　　난바다 떠났으면

당신 손수 써레질한 소금에 절여져

빨랫줄에 주렁주렁 매달릴 때

앙다물어도 입 벌려 크게 소리쳐도

당신은 듣지 못할 것이기에

파랗게 눈 뜬 채

당신에게로 헤엄쳐 오던 서해 바라보며 말라 가다

당신의 밥상 위에서

전하지 못한 말들로 풀어헤쳐졌으면

—「칠산포에서」 부분

시 ①에서 시적 화자는 이미 죽음을 살고 있다. 자신의 유분이 "제주도 사계 바다에 뿌려"지길 바란다. 장례 절차는 필요 없다. 죽음은 완전한 소멸이 아니라 새로운 변신의 마디절일 뿐이다. "시간 날 때 시간 되는 형제끼리" 여행 오듯 와서 "지푸락 같은 데다 조금만 담아" 온 유분을 뿌리면 된다. 그러면 화자는 "형제섬"에 당도하여 "만 년이 가도 변치 않을" "형제섬"의 일부가 될 것이다. 이승에서 못다 한 형제애가 저승에서 유감없이 영원을 구가할 수 있게 되는 것이다. "한 배에"서 태어난 인연이 "만 년"을 이어갈 수 있게 된다. 순환론적 생성의 시간관이 만년의 깊이를 호흡할 수 있게 되는 현장이다.

시 ②는 죽음까지 파고드는 사랑의 영원성을 노래하고 있다. 이승의 삶이 다하여도 사랑의 열정은 지속된다. 시적 화자는 "한 마리 황금조기로/ 당신의 그물에 들"고자 한다. "난바다"에서 "당신의 손에" 잡히고자 하는 것이다. "당신"에 의해 "소금에 절여져" 말라 가다가 "당신의 밥상 위에서/ 전하지 못한 말들"을 "풀어헤쳐" 내고자 한다. 죽어서 물고기가 되어 "당신의 밥상"까지 닿고자 하는 사랑의 서사가 거침없이 전개되고 있는 것이다.

이상에서 보듯 권진희의 둥근 순환의 시간관은 죽음을 넘어서는 우애와 사랑의 영원을 호흡한다. 삶 속에 죽음이 공존하듯이 죽음 속에도 삶이 지속된다. 그래서, 그의 시 세계에서 죽음의 세계는 낯설지 않다. 마치 릴케가 노래했던 "어떤 낯선 죽음은 우리의 죽음이 아니"라는 명제를 환기시킨다. 종교적 심판의 서사나 역사의 광란에 침식되지 않은 본래의 죽음인 것이다. 죽음이 삶의 타자가 아니라 삶 자체에 내재한 가능성이다.

일반적으로 삶의 주인은 자신이지만 죽음은 외부에서 엄습하는 타자로 인식된다. 그래서 삶의 주체로서 당위와 역할은 강조되지만 죽음은 불가지론의 대상으로 유예되거나 터부시된다. 그러나 삶의 주인이 자신이듯 죽음의 주인 또한 자신이다. 그리하여 삶과 마찬가지로 죽음 또한 자신이 창조하고 가꾸어 나가야 할 대상이다. 삶은 죽음에 의해 성찰되고 죽음은 삶에 의해 완성되어 간다. 삶과 죽음은 "완성의 시간"을 향한 상생의 유기체라는 인식이다. 그래서 권진희의 시적 삶의 지평은 삶의 경계를 넘어 죽음의 무한까지 넘나든다. 삶과 죽음이 둥근 "완성의 시간"을 이루어 나가는 주체인 것이다.

앞으로 권진희의 이러한 시 세계는 좀 더 다채로운 체험적 인생론을 우주적 순환의 자각 속에서 탄력적으로 노래하면서 자신만의 깊이를 더해 갈 것으로 보인다. 이번 시집에서 "어떤 그리움은 만 년을 넘"긴다는 영원회귀의 통찰과 초월 의지가 체험적 일상 속에서 열리는 대목을 보여 주고 있기 때문이다. 앞으로의 그의 시 세계를 기대 어린 눈길로 기다리게 된다.